S0-AWE-206

# ABUELO VIVÍA SOLO
# GRANDPA USED TO LIVE ALONE

Por / By Amy Costales
Ilustraciones de / Illustrations by Esperanza Gama

PIÑATA BOOKS

Piñata Books
Arte Público Press
Houston, Texas

Esta edición de *Abuelo vivía solo* ha sido subvencionada por la Ciudad de Houston por medio del Houston Arts Alliance, el Fondo Clayton y el Exemplar Program, un programa de Americans for the Arts en colaboración con LarsonAllen Public Services Group, con fondos de la Fundación Ford. Les agradecemos su apoyo.

Publication of *Grandpa Used to Live Alone* is funded by grants from the City of Houston through the Houston Arts Alliance, the Clayton Fund and the Exemplar Program, a program of Americans for the Arts in collaboration with the LarsonAllen Public Services Group, with funding from the Ford Foundation. We are grateful for their support.

*¡Piñata Books están llenos de sorpresas!*
*Piñata Books are full of surprises!*

Piñata Books
An Imprint of Arte Público Press
University of Houston
452 Cullen Performance Hall
Houston, Texas 77204-2004

Cover design by / Diseño de la portada por Mora Des!gn

Costales, A. (Amy), 1974-
  Abuelo vivía solo / por Amy Costales ; ilustraciones de Esperanza Gama = Grandpa Used to Live Alone / by Amy Costales ; illustrations by Esperanza Gama.
      p.   cm.
  Summary: A young woman recalls her grandfather's abiding presence in her life as he cares for her throughout her infancy and childhood while her mother is at school or work, until she is the one fixing his snacks and seeing him safely to bed.
  ISBN 978-1-55885-531-1 (alk. paper)
  [1. Grandfathers—Fiction. 2. Spanish language materials—Bilingual.] I. Gama, Esperanza, ill. II. Title. III. Title: Grandpa Used to Live Alone.
PZ73.C67452 2010
[E]—dc22
                                                                                          2009026477
                                                                                          CIP

Printed in China in October 2009–December 2009 by Creative Printing USA Inc.
12 11 10 9 8 7 6 5 4 3 2 1

A mi padre, Manuel Costales,
con amor
—AC

To my father, Manuel Costales,
with love
—AC

Para Alejandro Gama, mi padre
—EG

To Alejandro Gama, my father
—EG

Abuelo vivía solo en una casa tranquila y color rosa.

En la quietud de cada mañana, barría sus pisos y regaba sus rosales y plantas de frijol. Después se sentaba en el patio junto a sus canarios para darle la bienvenida al sol matinal.

Grandpa used to live alone in a quiet pink house.

In the still of each morning, he swept his floors and watered his roses and bean plants. Then he sat down on his patio with his canaries to greet the morning sun.

El día que nací, Abuelo le sacó brillo a sus zapatos y se puso su mejor guayabera. Nos visitó a Mamá y a mí en el hospital. Le agarré el pulgar fuertemente con mis deditos, y él sonrió.

On the day I was born, Grandpa polished his shoes and put on his best *guayabera* shirt. He visited Mamá and me in the hospital. I wrapped my little fingers tightly around his thumb, and he smiled.

Abuelo regresó a su tranquila casa color rosa. Pintó el antiguo cuarto de Mamá. Armó la vieja cuna de Mamá. Bajó su silla alta del desván y la colocó a la cabecera de la mesa. Puso un asiento para bebé en su gran carro azul.

Grandpa went home to his quiet pink house. He painted Mamá's old room. He set up her old crib. He got her old high chair down from the attic and placed it at the head of the table. He put a car seat in his big blue car.

Mamá y yo nos mudamos con él.
La casa de Abuelo aún era rosa, pero ya no era tan tranquila.

Mamá and I moved in.
Grandpa's house was still pink, but it was not so quiet anymore.

En las noches cuando Mamá estaba en la escuela, Abuelo preparaba arroz con leche. Yo comía pasas y jugaba con las tazas de medir mientras que él medía el arroz y la leche. Él añadía el azúcar y meneaba y meneaba el arroz con leche hasta que estaba listo para comer. Me contaba cuentos mientras comíamos. Después de nuestra merienda, Abuelo me cargaba al segundo piso para acostarme a dormir. Él se mecía en la silla al lado de mi cuna sólo para escucharme respirar.

Every evening when Mamá was at school, Grandpa made rice pudding. I ate raisins and played with the measuring cups while he measured the rice and milk. He added the sugar and stirred and stirred until the pudding was ready to eat. He would tell me stories while we ate. After our snack, Grandpa would carry me upstairs to bed. He would rock in the chair by my crib just to hear me breathe.

A veces Abuelo suspiraba cuando veía mis juguetes tirados por los pisos. Pero con frecuencia me llevaba a pasear por los cerros cerca de su casa donde él cortaba tunas para los dos y salvia silvestre para Mamá.

Cuando ya no cupe en la cuna, Abuelo me compró una cama.

Sometimes Grandpa would sigh when he saw my toys scattered across the floor. But he often took me for a walk in the hills by his house where he picked cactus fruit for us and wild sage for Mamá.

When I was too big for my crib, Grandpa bought me a bed.

Y las noches cuando Mamá estaba en la escuela, Abuelo y yo preparábamos arroz con leche. Yo comía pasas y medía el arroz y la leche mientras que él añadía el azúcar. Él meneaba y meneaba el arroz con leche hasta que estaba listo para comer. Me contaba cuentos mientras comíamos. Después de nuestra merienda, Abuelo me tomaba de la mano y me llevaba al segundo piso a dormir. Él se mecía en la silla al lado de mi cama sólo para escucharme respirar.

And every evening when Mamá was at school, Grandpa and I made rice pudding. I ate raisins and measured the rice and milk while he added the sugar. He stirred and stirred until the pudding was ready to eat. He would tell me stories while we ate. After our snack, Grandpa would take my hand and lead me upstairs to bed. He would rock in the chair by my bed just to hear me breathe.

A veces Abuelo suspiraba cuando yo jugaba entre sus rosales y plantas de frijol. Pero con frecuencia me preparaba mangos. Les ponía sal, azúcar y chile en polvo, y me limpiaba el jugo que escurría por mi barbilla.

Cuando ya no cupe en la silla alta, Abuelo me compró una silla verde con flores que puso a la cabecera de la mesa.

Sometimes Grandpa would sigh when I played around his roses and bean plants. But he often prepared mangos for me. He would sprinkle them with salt, sugar and chili powder, and he would wipe off the juice dripping down my chin.

When I was too big for my high chair, Grandpa bought me a green chair with flowers and placed it at the head of the table.

Y las noches cuando Mamá trabajaba tarde, Abuelo y yo preparábamos arroz con leche. Yo comía pasas, medía el arroz y la leche y añadía el azúcar mientras que él meneaba y meneaba hasta que el arroz con leche estaba listo para comer. Me contaba cuentos mientras comíamos. Después de nuestra merienda le daba un beso de buenas noches a Abuelo y subía las escaleras para acostarme a dormir. Él me seguía y se mecía en la silla al lado de mi cama sólo para escucharme respirar.

And every evening when Mamá worked late, Grandpa and I made rice pudding. I ate raisins, measured the rice and milk and added the sugar while he stirred and stirred until the pudding was ready to eat. He would tell me stories while we ate. After our snack, I would kiss Grandpa good night and go upstairs to bed. He would follow me and rock in the chair by my bed just to hear me breathe.

A veces Abuelo suspiraba cuando yo pintaba su patio de ladrillo con tiza. Pero con frecuencia me llevaba al parque donde jugábamos a la pelota y me empujaba en los columpios.

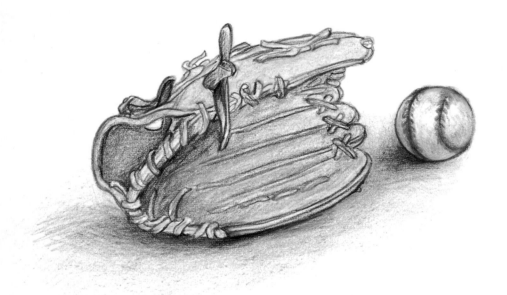

Sometimes Grandpa would sigh when I colored his brick patio with chalk. But mostly he would take me to the park where we played catch and he pushed me on a swing.

Crecía y crecía. Y mientras yo crecía, Abuelo envejecía. Un día Mamá dejó que Abuelo me enseñara a conducir su auto azul.

I grew and grew. And while I was growing, Grandpa grew older too. One day Mamá allowed Grandpa to teach me how to drive his blue car.

En las noches cuando Mamá trabajaba tarde, Abuelo y yo preparábamos arroz con leche. Yo comía pasas, medía el arroz y la leche, añadía el azúcar y meneaba y meneaba el arroz con leche hasta que estaba listo para comer. Abuelo se sentaba a la mesa y me observaba. Yo le contaba cuentos mientras comíamos. Después de nuestra merienda le daba un beso de buenas noches a Abuelo y subía al segundo piso para dormir. Él me seguía y se paraba en la puerta sólo para escucharme respirar.

In the evenings when Mamá worked late, Grandpa and I made rice pudding. I ate raisins, measured the rice and milk, added the sugar and stirred and stirred until the pudding was ready to eat. Grandpa sat at the table and watched me. I would tell him stories while we ate. After our snack, I would kiss Grandpa good night and go upstairs to bed. He would follow me and stand in the doorway just to hear me breathe.

A veces Abuelo suspiraba cuando le pedía el carro prestado. Pero con frecuencia caminábamos a la panadería. Comprábamos empanadas de piña para los dos y una galleta de coco para Mamá.

Crecía y crecía. Crecí tanto que Abuelo me regaló su gran carro azul.

Sometimes Grandpa would sigh when I asked to borrow his car. But mostly we walked to the bakery. We would buy pineapple turnovers for us and a coconut cookie for Mamá.

I grew and grew. I grew so much that Grandpa gave me his big blue car.

En las noches cuando Mamá trabajaba tarde, yo preparaba arroz con leche. Yo comía pasas, medía el arroz y la leche, añadía el azúcar y meneaba y meneaba el arroz con leche hasta que estaba listo para comer. Abuelo se sentaba en el patio junto a sus canarios para gozar del atardecer. Yo le contaba cuentos mientras comíamos. Después de nuestra merienda, yo lo tomaba de la mano cuando subía las escaleras para acostarse a dormir. Me mecía en la silla al lado de su cama sólo para escucharlo respirar.

In the evenings when Mamá worked late, I made rice pudding. I ate raisins, measured the rice and milk, added the sugar and I stirred and stirred until the pudding was ready to eat. Grandpa would sit on the patio next to his canaries enjoying the last rays of sunlight. I would tell him stories while we ate. After our snack, I would hold his hand when he walked upstairs to bed. I would rock in the chair by his bed just to hear him breathe.

**Amy Costales** se crió en España y en la frontera méxico-estadounidense. Ha enseñado español en California, Tailandia, la India y Oregón y completó una maestría en literatura española en la Universidad de Oregón. Hace unos veinte años, cuando era una joven madre soltera, su padre decidió jubilarse. En vez de relajarse, él cocinaba, nadaba, leía, jugaba béisbol, tomaba siestas y jugaba a la baraja con su nieta para que Amy pudiera asistir a la universidad. Ahora Amy vive en Eugene, Oregón, con su esposo Fernando y sus hijos Kelsey y Samuel. Comparten su hogar con una perra, dos gatos, dos azulejos ruidosos y muchos amigos. Su padre sigue jugando a la baraja con sus nietos. Para más información sobre Amy, visite www.amycostales.com.

**Amy Costales** grew up in Spain and on the U.S.-Mexico border. She has taught Spanish in California, Thailand, India and Oregon and completed an M.A. in Spanish literature at the University of Oregon. When Amy was a young, single mother, her father decided to retire. Instead of relaxing, he cooked, swam, read, played baseball, napped and played cards with his granddaughter so Amy could go to college. Today Amy lives in Eugene, Oregon, with her husband Fernando and with her children Kelsey and Samuel. They share their home with a dog, two cats, two noisy blue jays and many friends. Her father continues to play cards with his grandchildren. To learn more about Amy, visit www.amycostales.com.

**Esperanza Gama** nació en Guadalajara, Jalisco, México, y es una artista consagrada. Se recibió con un título en arte de la Universidad de Guadalajara. Se le otorgó el Premio Sor Juana por artes visuales del Museo Nacional de Arte Mexicano de Chicago en el 2003. Sus obras se han expuesto por todo Estados Unidos. Algunas de sus pinturas se han incluido en importantes publicaciones de arte latino y chicano. *Abuelo vivía solo / Grandpa Used to Live Alone* es su primer libro infantil. Esperanza vive y trabaja en Chicago, Illinois.

**Esperanza Gama** was born in Guadalajara, Jalisco, Mexico, and is a highly accomplished artist. She has a degree in fine arts from the University of Guadalajara. She was awarded the Sor Juana Achievement Award for Visual Arts from the National Museum of Mexican Art in Chicago in 2003. Her work has been exhibited across the United States. Some of her pieces have been published in important surveys of Latino and Chicano art. *Abuelo vivía solo / Grandpa Used to Live Alone* is her first picture book. Esperanza lives and works in Chicago, Illinois.